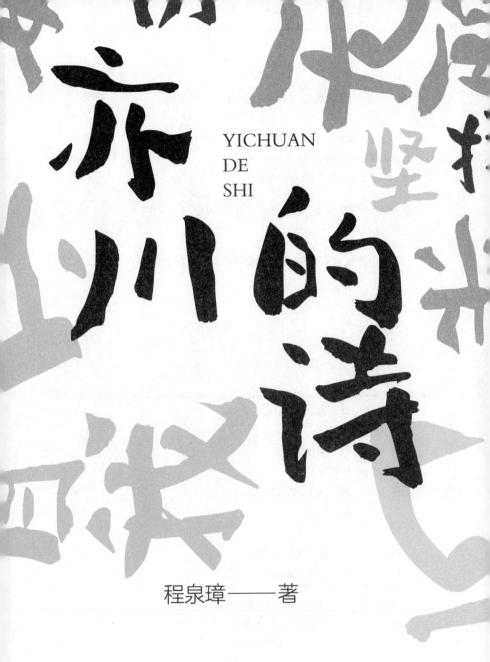

亦川的诗

YICHUAN
DE
SHI

程泉璋——著

吉林出版集团股份有限公司

图书在版编目（CIP）数据

亦川的诗 / 程泉璋著. — 长春 : 吉林出版集团股
份有限公司, 2021.11
ISBN 978-7-5731-0664-3

Ⅰ. ①亦… Ⅱ. ①程… Ⅲ. ①诗集—中国—当代
Ⅳ. ①I227

中国版本图书馆CIP数据核字(2021)第242564号

亦川的诗

著　　　者	程泉璋	
出 版 统 筹	邢海鸟	
责 任 编 辑	陈瑞瑞	
封 面 设 计	三公主	
开　　　本	880mm×1230mm　1/32	
字　　　数	130千	
印　　　张	6.75	
版　　　次	2021年12月第1版	
印　　　次	2021年12月第1次印刷	

出 版 发 行	吉林出版集团股份有限公司	
电　　　话	总编办：010–63109269	
	发行部：010–63109269	
印　　　刷	河北盛世彩捷印刷有限公司	

ISBN 978-7-5731-0664-3　　　　　　　　定价: 45.00元

沉默是与这个世界和解的唯一方式

所以我必须表达

这是叛逆者的宿命

自序

　　想写诗集很久了，每次钻进书店，寻遍了一望无际的书架，却寻不出一本诗集来，惋惜之余又暗生喜悦，诗的不合群好似是诗的可怜之处，实则却是高贵之处。譬如一个特立独行的学霸，不是他不合群，而是他合群的人不是你罢了，诗集只是实在难以与那些复杂冗长且充满商业色彩的文字合群，想到这里，更觉得诗歌便是那个特立独行的学霸，用最简短的文字叙述最丰富的感情和内涵，是其他任何形式的文学都做不到的。

　　因此，在我十二三岁的时候，就疯狂迷恋上了诗歌，并发誓要写一本诗集，没想到，此后这些年发生了太多的事，我去了很多地方，遇见了很多奇特的人们，也明白了一些或直或歪的道理，有感之时抽出纸笔来潦草记叙，不觉之间便过了五个年头，一一翻出来回味，只觉得是一些胡思乱想的产物罢了，可就是这些不知所云的文字，却深

深的印刻着这五年我的变化成长和感悟历练，因此我引"她"出闺任人品论，就像吝啬的老父亲去给自己羞涩的女儿介绍相亲对象。我知道，也许有人会抨击她过度粉饰、有人会介意她颊上的雀斑、有人会嫌弃她娇弱无力，但总有人会感受到她的温情，理解她的细腻并且用心去爱护她。我一直期望有人能读懂我的诗，这并非要求读者读懂我赋予某首诗的意义，而是期望读者能在某首诗中读懂自己，这便是我出版这本诗集的最大愿望了。

程泉璋

2021年8月18日星期三

目 录
CONTENTS

001 // 壹 无聊

002 // 心跳

004 // 青海

006 // 远方的远方

007 // 黄河谣

009 // 诗和人

010 // 写诗

011 // 月的逝梦

013 // 麦子

014 // 醉船厢

016 // 南城北

018 // 梵高先生

019 // 2307公里

020 // 第十三种死亡方式

022 // 生命抑或生活

024 // 冬眠

025 // 安屠夫童话

027 // 恋人和妖刀

029 // 初见

030 // 爱

032 // 思念

033 // 遗和忘

035 // 2015年秋天的雨

036 // 安屠夫

037 // 南京没有雨

039 // 今年

040 // 答应你去一次草原

041 // 复活节

042 // 逃酒

043 // 天凉了要遇见一个温暖的人

044 // 四季轮替

045 // 你感到冷吗

046 // 伞

048 // 后来

049 // 出行

051　//　退路

053　//　下一站香港

054　//　戈壁往事

055　//　与常小姐别

056　//　你离开了南京

057　//　杀手之吻

058　//　如果二零一九不会走

059　//　小宅重逢

060　//　远行

061　//　**贰　梦魇**

064　//　缘

065　//　为薇生日作

066　//　为伊生日作

067　//　沁川湖

068　//　悔歌

069　//　枯叶

070　//　再也回不去江西

071　//　八月

072　//　春暖花开

073　//　终于打开了那份信

075　//　遗忘谷

077　//　成都

079　//　重回一三年的森林

080　//　事发夜

081　//　猎杀八月

083　//　月牙泉

086　//　故乡

090　//　六月的雨

091　//　拉卜楞寺

092　//　新娘

093　//　罗布泊

094　//　戈壁的记忆

095　//　仓央嘉措

096　//　去年冬天恶心的爱

097　//　诗人的酒

098　//　吉他

099　//　南京告别

101　//　如果有一天我定居在莆田

102　//　甘肃有个地方叫白银

103　//　定西的野餐

104　//　春来了

105 // 七月十三日的篝火

106 // 沙尘暴

108 // 河流

109 // 兰州莎莎

110 // 我的墓碑是一面镜子

111 // 拉萨十月末一个平常的下午

112 // 宣武区两个老矿工

113 // 青岛没有庙宇

114 // 谁用微笑假装自己不悲伤

116 // 想你

118 // 叁　怒发冲冠

119 // 济南往事

120 // 失眠

121 // 梦

122 // 南京标本馆的一夜

123 // 你的名字叫月亮

124 // 法则

125 // 中山桥到长江大桥

126 // 听说安屠夫剪了短发

127 // 初春安屠夫之死

129 // 兰州到咯

130 // 炼金术

131 // 沉默

132 // 爱情是最凶狠的武器

133 // 在黄昏的森林歌唱

134 // 第一次到达南方

135 // 海小姐前往苏联前夜的许诺

136 // 月光下赤脚的舞

137 // 甘南小木屋墙上的旧报纸

139 // 北京车祸前

141 // 莹

143 // 我知道她的心里满是泥沙

144 // 麦子熟了

145 // 安屠夫再也不会听我讲起那个无聊的故事

146 // 当你重回我身边

147 // 凌晨三点突然决定去石家庄

149 // 李白

151 // 折磨

153 // 南国小镇

154 // 沙漠露营失眠

155 // 视而不见

157 // 五月祭·其一

159 // 五月祭·其二

161 // 登岛

163 // 重逢

164 // 离开北京六个月后你的回信

165 // 枷锁

166 // 大雾上屈吴山

168 // 初见邢院

170 // 十一月

171 // 告别福建

172 // 她一直渴望自由

173 // 二女儿

174 // 结婚

175 // 告白

176 // 告白

177 // 九月八日

178 // 好想

179 // 期待

180 // 圈圈

181 // 看海

182 // 下雨

183 // 邢台

184 // 分别那天

185 // 囹圄

186 // 我的猫写的诗

187 // 热烈

188 // 差距

189 // 你离开以后

190 // 秋末草原上的阴天

191 // 搁浅

192 // 琐事

193 // 铁的动脉

194 // 证据

195 // 红眼

196 // 好坏

197 // 后记

无聊

我坚信，直面无聊的品质，

就像勤劳、正直、自律和诚实一样，

简直就是一种修养甚至美德。

「心跳」

我停靠在岁月的站台
从时间的裂隙里
采下你翠涩的鳞

那远山的青
是新春的嫁衣
映照你蓝光的眼
埋进我深深的土

不要悲伤
黄土地是我死去以后
爱上的人
她眼角的泪痕
伴着你模糊的脸庞
织成我相思的锦囊

而你一言不发的离去
载走我梦中的月光
新土
你将她埋进
远方的浮尘
睡去了

我纷繁的生死由此铸成
直到世间的苦痛全部蒸腾
化作你眼角的甘霖
那时
我精心编织的美梦
全将因你而荡然无存！

「青海」

打开它吧

装满岁月的匣子

月光是你下凡的足迹

而我沿着你的足迹

通往那片

不在乎光阴的国度

从明天起

在你的三千米以上

播种青稞

土地啊!

它将狂暴地长出

你没藏好的尾巴

草原啊!

就让忧郁的塞勒涅之牛羊

尽情地
啃食你们吧！

注：塞勒涅（Selene）是古希腊神话中的月亮女神。

「远方的远方」

大风
将你阻挡在远方
我在远方的远方
等你

风是我柔软的床
亦是食粮
姑娘
十六岁的春天
我在远方等你
一万年太久
姑娘
我在远方等你

「黄河谣」

新的世纪啊
我是一只褪色的飞鸟
诗人刺死了耶稣以后
释放了我

我是褪色的迦楼罗
从布拉马普特拉飞向雅鲁藏布
飞了两千年
我的根早已扎进云朵
黑暗 焦虑 空洞

我的肉体和灵魂
分居在黄河两岸
我是一只褪色的飞鸟
上帝给我飞翔的使命

我却渴望河水

黄河在燃烧
黄河两岸站满了忧伤的我
他们注视着水中的溺鸟
我是一只褪色的飞鸟

「诗和人」

流泪的文字
你说我太悲伤
每一句诗
都是凝固的泪珠
每一滴
都是两颗在寒夜里
颤抖的心

「写诗」

你在草原的马背上写诗

写诗的人在安静的海底写你

明月苍白了你的脸庞

你的脸庞憔悴了诗人的梦

梦中是你黑色的眸子

眸子里是落满灰尘的我

我在草原的马背上写诗

我在安静的海底写你

「月的逝梦」

当初

未及失望

不论

幼稚的或伪善的

都已

物是人非

我却

望穿秋水

透过泪水寻你

月光一般朦胧

月光下的

墨绿色的梦

染脏了干净的你

洗净了肮脏的我

你淡淡微笑

好像明天

与我们无关

深夏

野花遍地燃烧

烦躁的风

竟使森林格外安静

我多想

还你一个睡熟了的梦

墨绿色的梦

月亮是死去了的太阳

你是死去了的月亮

星辰是我

森林

请给我一个惶恐的梦

让我在失去你之前

失去我自己

「麦子」

我不知道为什么
无知的人更加自以为是
他们强忍着困顿 焦虑 压抑
听我讲完一个烦躁的故事
然后破口大骂
我不知道为什么
伪善的人更受欢迎
虚假 强颜欢笑 无病呻吟
秋天了
我如何收割我的麦子
麦子
把你别进耳后
月亮是麦子的女儿
我不知道为什么
你是月亮的女儿

「醉船厢」

父亲
你从秋天的船底
取出一瓶酒
潮湿的酒

今天我们不悲伤
今天我们庆祝自己
潮湿的自己

明天我就要远去
请借我月光和马匹
太阳和烈酒

我喜欢
太阳是冷的

酒是热的

父亲

今天我们喝一杯

「 南城北 」

亲爱的你
请安葬我昨日的泪
掩埋那些美丽的忧伤
和过往

我将化作南城槐树
的新叶
蔓延到你的阳台
你不必开窗
那样你会哭的

远方的雪山就要融化了
你还有长长的路
只是还要求你
一件事

如果你还有泪水的话
把它淋在我的墓碑上吧
因为我看到
你窗前那棵老槐的根
快要干枯了

「梵高先生」

疲惫的人

一起搭车回家吧

向岁月辞行

我们已无力呻吟

就让生命

锈满珐琅

然后

我们一起

做烧死一切感情的犯人

梵高啊！

你不必再用色彩或火焰

解释生命和爱情

与我一起搭车回家吧

回我们并不存在的

温柔故乡

[2307 公里]

远方

盛满忧伤

飞鸟 豹子和鱼

远方

盛满你

每一个角落

都是你

听得见你流泪的声音

远方

是死去的鬣狗

和饮血的狼

我在远方

看着远方的你

透过泪光

看着流泪的你

「第十三种死亡方式」

终于

夏天结出了秋天的果子

奇怪的果子

长满流泪的眼睛

这是我的果子

悲伤的果子

少女捧着它

轻轻吮吸

少女洁白的牙齿

在紫色的泪珠中颤抖

宛如一位老妇人

慈祥地呼吸

呼吸的果子

少女与毒蛇

甜甜地亲吻

结出了秋天的果子

从此生命变得毫无生气

甜蜜的果子

我啃食它的肉体

它吞噬我的灵魂

生命的果子

夺走少女的生命

她变成了一张薄薄的纸

挤进相框

而我没有相框

当天空变成墨色

当眼睛变成红色

当少女变成灰色

果子消失了

我肮脏的果子

「生命抑或生活」

我向往新鲜的生命

欢流的溪水

嬉戏的少女

温暖的太阳和金黄的麦地

我厌恶丑恶的腐尸

同情每一块石头

繁忙的码头甚至骨头

我与自己的灵魂勾肩搭背

肉体只是生命的傀儡

我愿意是任意一株嫩草

一滴水

甚至一缕风

一盏灯

但我富有生命

我喜爱新鲜的生命

其实我可以这样生活

精心挑选一个绿油油的春天

带上心爱的姑娘

和吉他

去一个只有两个人知道的地方

「冬眠」

十二月

北方变得更加北方

工人们摘了手套

农人们也睡熟了

血红的十二月

冬日从太平洋西岸苏醒

睁开眼睛

十二月杀死了不少

陌生的生命

天空和大地

光秃秃的

十二月把你我的梦

延长

延长到相遇之前

离别之后

「安屠夫童话」

安
野花是你写下的诗句
刮了风
你走过的路已被尘土掩盖
而我
非要寻找你的
足迹
安
我不念你

我无法想念
不曾拥有的东西
下了雨
湿了鞋子
落了雪

白了头发

安

人间是否还有你留下的足迹

只待野花再开

我为你写诗

「恋人和妖刀」

让我在白茫茫的冬天
给你一个安静的吻
我亲爱的大地母亲
人间是你安睡的天堂

而秉剑的恶魔
给了你苦痛的咒语
于是你滋生生命
掩埋死亡

我亲爱的大地母亲
欢乐 忧郁 病痛
你轻轻地呼吸
忍受生死轮回
我亦是如此

在奔往死亡的路上
踩着你的臂膀
偷偷成长

「初见」

为什么被生命抛弃的

是你而不是我?

如此热爱生命的你

亲爱的你

请忘记你的名字

你的痛苦

你我都一贫如洗

只剩下灵魂的驱壳

我只能卸下假面

给你一个陌生人的温暖

亦是两个冰冷的灵魂

在冷漠的城市

相互取暖

「爱」

我平躺在春天
铺满银光的大地上
土地啊
你鱼鳞一般的光滑
月光也重重地砸下来
压得我无法呼吸

我一贫如洗
只剩下雨伞和鞋子
然而命运之剑
却正中我悲痛的靶心

听说
上帝在人间恋爱了
于是不再有爱情

听说

相思是分离的余孽

我却悄悄地等待

一场终将破灭的美梦

啮噬我的深夜

只把人间的四月天

落得满是霜雪

直到上帝逼问我

什么是爱情？

我在想

该怎样用生命

去解答这个毫无意义的

创痛过程

「 思念 」

思念就是

噙满泪水的等待

是独自在远山牧马

做一个拥抱星辰的梦

思念就是

用欢乐和痛苦

饲养麻木的灵魂

以之为马

思念是一场迷惘的旅行

给背包塞满鲜花

送给每一个在旅途中哭泣的你

「遗和忘」

梦想
是你青春的半边脸
精彩
抑或平淡
都美丽

我不是几年以后
想起你
而是想你
日日年年

太阳月亮
每天升起
你我同时梦醒
天涯各方

何处不是同踩一片大地
怎让我悄悄忘记
落满灰尘的你?

「2015 年秋天的雨」

唔

给你一束鲜花

也把青春给你

把爱给你

你可以轻易地拿走

也可以放下

可以离开

在乎或不在乎

都可以

只要你心欢喜

便是我心欢喜

你爱或不爱

我都在这里

不离不弃

生死相依

「安屠夫」

安

太阳是上帝烙给你的

伤疤

月亮是我献给你的

鲜花

安

昨日的忧愁

全将化蝶

你将登上

柔软的大道

做一个甜美的梦吧

安

明日比昨日

更值得

我们抱紧

「南京没有雨」

陌生的雨

红的 黑的

陌生的你

走的 停的

你淡淡地笑

一言不语

昨日

才拂去你的泪

如今却是

由怀里

到心里

还剩下多少路

多么泥泞?

地何时再青

无趣

只好

下次去南京

送一抹月光

给你

「今年」

去年的森林

去年的鸽子

染脏去年的粮食

疲惫的马

和猎人

远山的鹰

去年的杏子

去年的树

刺破去年的太阳

悲伤的石头和泉水

流泪的风

去年的信

折叠着梦

掩埋去年的我

猩红而平静地爱

「答应你去一次草原」

秋凉了

你在哪里

风起了

多想为你

挽尽天边的云朵

织一件梦的衣裳

昨夜的星辰

喂饱了我的马匹

多想

带你去梦里

做我悲伤而平静的新娘

和草原一起

做一个青涩的梦

「复活节」

塔纳托斯在人间

敲响钟声

死亡在大地蒸腾

我因此而复活

也因此而死去

我将失去一切

希望和痛苦

甚至失去你的

伤心时候的烟蒂

燃不去黑夜

也带不来光明

「逃酒」

旧人点灯

阑珊处朦胧

蝉食秋风

枯心入尘土

酒灼我心

我情

奈何囊中羞涩

难添杯

借此逃醉

乘灯归去

去时伊未惜吾

心空空

风正浓

「天凉了要遇见一个温暖的人」

世界真的好大

人生真的好短

相遇真的好幸运

路程实在太长

方向实在迷茫

结果实在难估量

所以

天凉了

要遇见一个温暖的人

「四季轮替」

给你写一首诗

在这个无措的季节

只为你

做一个很长的梦

在季节的交替中

忘记过去

在阴雨天怀念远方

电台里是小时候的曲

给你写一首诗

在我无措的心里

只为你

「你感到冷吗」

在大雨中倾听

一支低沉的曲

暴风

山谷中传来猎枪的回音

一个秘密倒下了

血雨浑浊

猩燃的烟雾

沉默着微笑

一个希望燃起了

善恶模糊

「伞」

灰白的城市

多情的雨

再见了秋天

再见了我爱的人

明月把她的高潮献给秋天

而这是个阴雨的秘咒

焐不出我远凝的眸

就这样离去吧

就这样忘记

时间是这样的匆匆

来不及让人感叹

而雨悄悄地停了

只让我在烈日的炙灼下

丢去了疲惫的伞

学会忘记吧

姑娘

人生真的好短

「后来」

再也写不出一首诗

因为你走了

终于在人群中

忘记了你的样子

终于你也变成了往事

偷偷溜进了我的梦里……

「出行」

我没有行囊

只带一把吉他

她的琴弦断了

我要带她去疗伤

在墨绿的山谷中

列车困住我的心情

原谅我

我已无法回眸

尽管并不情愿

逃避这多事之秋

我会在某场雨中

想起你说过的话

固然它们会

刺痛我最美的回忆

乔姑娘

毕业那晚我们喝醉了

落泪了

可我爱的人不是你

原谅我

那首歌是为你写的

曲终了

我们的琴弦断了

「退路」

我知道你在这里

我的心里

每当我徘徊迷失

人山人海

我的心中有了一切

关于你的胡思乱想

在那些睡不着的夜里

你总会前来

不辞忙碌

哦我亲爱的第五娜伊

你总是甜蜜地给我伤害

你的沉默是对我的嘉奖

每当想起你的时候

夜空中盈满皎洁的月亮

一如既往

哦我亲爱的第五娜伊

我已没有退路

忘不了我们夏日的呼唤

可那冬日总会到来

当我在醉夜里独自哭泣

你在别人的怀里扑朔迷离

时间来不及让人喘息

已没有意义

「下一站香港」

沉默的香港

临行时候的哭泣

我丢失了你的相片

亲爱的第五娜伊

你手提箱里枯黄的信

亲爱的

你在瓜州路的

第一次落泪

小时的梦想

半生的努力

一支香烟

原来是一场别离

「戈壁往事」

戈壁上的残阳

冬和谎言

饮风吐酒

工厂的漫天浓烟

电缆

路灯下的等待

一个人

远方的家

烛光中善意的笑

握紧的手

寒冷的脚步

亲爱的

我的一切都在奔向你

二零零九

十一年

「与常小姐别」

清香
百果以冠
马尾
三眸九旬
我心
随风西去
随你
肝肠寸断

「你离开了南京」

苏州姑娘

你曾用指尖

点亮了夜空

在破废的炮楼

我呼吸着你的美

苏州姑娘

你转身的瞬间

给我留下八年的梦

暗无星辰

以便你的绽放

苏州姑娘

十九岁的短发

二十岁的肩

「杀手之吻」

空冥中的巨大轰响

泪水和颤抖

远方

骗子的温柔之谎

杀手的刀和目标

十二月巷子尽头的口琴

眼神

渴望的和胆怯的

新鲜的颈脖

少女的雾

你在吞噬着什么

饥饿的灵魂和心

骗局

「如果二零一九不会走」

如果我不再被噩梦击垮

阳光

如果它悄至在

一个拉起我手的

疏林

风和冬日的

退缩

请抱一抱吧

要再见啦

我的二零一九

「小宅重逢」

草白风低月下酒
樽中雾里清辉发
未盈却满廊前水
饮没重逢难眠话

「 远行 」

坐上这告别列车

你驶入我的心里

沉默

是我心里的重复

暮色浸染了回忆

夕阳中你的剪影

渐行渐远

离别

在这冬日的

某一个瞬间

你的脚步

牵扯我的心

路过

每一座山

每一条河

梦魇

　　你是我能想到的所有人间美好之和，我可以观赏你，赞美你，向往你，爱慕你，却不能拘你入怀。遥望星月，远观川谷，终晓江河奔海而去，清风拂肩而过，而我停留原地，连一句我爱你都来不及道出……

什么是爱，我们为什么向往爱情，风拂向未知的远方，雨飘向遥远的大地，一日未知日月盈缺，三秋难猜气候更迭，我们和爱情共生在这变化莫测的世上，都是虚实不定的产物，问我何为爱情，我便觉得它是这世间的虚无总和，向往爱情，便是向往这难猜的人生法则，便是探寻人和世界的关系，便是揣摩这生命存在的意义……向往爱情，正是因为它难得，或不可得，造化不定，风月弄人，然而有一种欣然于隐约中浮沉，于按捺中悸动，于朦胧中蓬勃……这便是爱情，这便是我们向往爱情的缘由，风停风起，雨息雨落，山川之外还有山川，远方之外亦是远方，日月轮回，四季更迭，也许我们永远得不到答案，可其实我们正身处答案之中，得不到答案，这便是爱情的答案，得不到结果，这便是向往爱情的结果，这也正是爱情的珍贵之处，明知如此，我依然向往你，爱慕你，你或是我中的毒，上的瘾，或是我生的一场病，做的一场梦，因此我不再是从前的我，这个世界也不再是从前的世界，我沉湎清风，却终将屏息污浊，我偷折细蕊，却终会迎其枯萎，我爱你，于是我抬头望月，星辰仿若与你为伴，月光静谧，而你徜徉其中，与孤月繁星共舞；山川秀美，江河壮阔，

而我看山非山，赏水毋水，只因你隐喻其间，胜过了山川之俊美，江河之蜿蜒，方才掀起我心中波澜；沁人的微风拂过，我又从风中觅得你的香味，想你，我便好似坠入梦境，可良辰难再惜，好梦终会醒，我义无反顾奔向你，却根本不知道你的方向，我无时无刻的想你，可在回忆里我甚至看不清你的模样，终于我们相距越来越远，终于你越来越模糊，这种感觉就像，我于深林中大梦初醒，野花遍地燃烧，我却分不清哪一朵是你！我于山涧中拦溪，清泉涌动四下，我却辨不出哪一支是你，我于凌空中展肢，清风抚我而过，却终于奔向我所惧怕的远方……你是我能想到的所有人间美好之和，我可以观赏你，赞美你，向往你，爱慕你，却不能拘你入怀。遥望星月，远观川谷，终晓江河奔海而去，清风拂肩而过，而我停留原地，连一句我爱你都来不及道出……

「缘」

我已经记不清

第一次见你是在什么时候

我猜那是一个

寒冷的冬夜

窗外滴水成冰

而我们相遇的那个小房间里

炉火正暖

命运虽未让两注目光在那时相投

但显然灵巧地埋下伏笔

等待着春暖花开

等待着晴空排鹤

这时候才便我们回眸一笑

道一句

原来是你

「为薇生日作」

十一月末最美的

应该是北方的雪

和初辰的你

就连你冰雪般的气息

也预示着暖春的将近

是岁月或命运的谋和

让我觅得这如春的芬芳

谢谢你

感谢十九年前的亿万分之一

你与这个世界相遇

感谢十九年后的亿万分之一

我默然人海中的回眸

身后那人是你

生日快乐

「为伊生日作」

三月是花开的季节

你逐芬而至

人生固然苦短

却也充满期待

愿你满怀春的清新

不被世俗磨去你的任性

愿你在心中留有一方净土

静植你的期许

愿它们如你一般

在每一个三月盛开

生日快乐

「沁川湖」

如果你注定是一缕傲岸的风
那我情愿成为一席静植的芦苇
在你匆匆拂我而去后
停在原地
倾向那个有你的远方

「悔歌」

我不知该怎么对你说

爱你爱太深了

却将你束缚了

可是我怎么能舍得

尽管我让你失望了

人潮人海把爱磨破

你不曾来过

好几年就这样走过

我怕你把我忘了

也许早该忘了

我不该隐藏

不该对你说谎

为何爱你让我如此痛呢？

是爱将我束缚了

「枯叶」

生命在于

你曾拥有它

你终将失去了它

你仍是美丽的

它曾在某个不为人知的

秋叶陨落

那是一片叶海

和一个弯下身的

女子

它曾经必然有过

我所不知的故事

而如今

它已成为我的故事

「再也回不去江西」

晓晓

你又一次唤我

我不能忘记

墨色的江西

红色的你

如果南风绽放了你

别忘了过去

晓晓

虽然距离和爱情

折磨着回忆

「八月」

感谢八月

把每一个故事遗忘

把每一个我们遗忘

感谢我们滚烫的过去

感谢那些花草和铁锁

藤蔓和长亭

我们曾把对方

丢进八月的风里

感谢那些消失在八月的雨和泪

我终于学会沉默地

看待每一朵盛开在八月的微笑

感谢八月的你

在每一次叹息中远去

背对背落泪

「春暖花开」

终于

八月盛人的气焰

烬已成灰

我不知道它能否复燃

我不知道

它黄金的格局开始

转向植被

在这样的更替中

我该走了

从一颗心到另一颗心

如果秋天来了

我不知道

是不是每一种悲伤和喜悦

都会轮回

等待春暖花开

「终于打开了那份信」

海小姐
我收到了你的信
在这个灰蒙蒙的阴雨天
北方突然转凉了
意味着我和你的远

海小姐
再也不能牵着你的手
去看四川的湖
如果你感到累了
就去峨眉山下发一发呆

海小姐
你寄来远在二零一三年的
泪水

那时你夹进相册的叶子
同我的回忆一起枯了

海小姐
记得第一次遇见你
在你逃离西安的列车上
你一夜哭红的眼
想来已是七载秋天

「遗忘谷」

你想起了她
败类
她推你入崖
他的爱是月亮的毒气

你听说了她的幸福
沉默还是微笑
如果你情愿祭奠这
遗忘之谷

让泪水刺穿了痛苦
让痛苦妖艳了月光
让月光迷失了方向⋯

她会将你彻底遗忘

你却任凭思念汇谷成海
遗忘吧！
即便人间被你的足迹纠缠
如果你转身
她会不会在你身后？

「 成都 」

全都因为你
竟让我的回忆里
成都也是那么甜蜜
从春熙路到太古里
淋一淋青城山的雨

全都因为你
成都姑娘李怡
喜欢你的小裙子拂过草地
喜欢你凶巴巴的四川语气
喜欢你小皮鞋上沾着的泥

全都因为你
成都姑娘李怡
那晚你在宽窄巷子和我谈起过去

在二十二楼地震的夜里
我的脑海中全是你

全都因为你
成都姑娘李怡
八月竟成为我们的雨季
原谅我给不了你未来
只因我忘记不了过去

全都因为你
李怡
相遇注定着别离

「重回一三年的森林」

如果我没有迷失

在这夏日里

我怎会觅得四月的花香

哦！是你，是你

那是你阴谋

还是上帝

设置下的陷阱

让我无从逃避

又何须逃避

在这八月的回眸中

你奏响了南风的曲

拥抱或亲吻吧

尽管你我有太多的

回忆

「事发夜」

从那天起

我只能用余光去看你

看你因没落而悲伤的角落

看你因自由而开心的时刻

从那天起

总有些猛烈的情绪

在没有星光的夜里

折磨着我

从那天起

我打开将你束缚的锁

你远远地离去

也许是最好的选择

「猎杀八月」

从旧皮箱中翻出信纸

为你写诗

在满目黄沙中寻找

醉人的雾

在风中凝视抽烟的老人

打探消息

把告别投进信箱

从此绿瓦红墙

痴人的远方

猎杀一场无辜的雨

猜测别人的故事

在大片欢声笑语中沉默

给自己倒一杯酒

打开四月的花香

倾听

在每一个不起眼的细节上
倾尽一切
明知注定是一场
分别

「月牙泉」

月牙泉
揉碎的人间美梦
沉淀进你幽蓝的时光
你可知否
你那眼角的甘霖
寥落了我浮生的奔马

你是那酒仙的妙手偶得
月亮风味儿的酒
你是那飞天的锦绣衣带
牵扯我的根
触动我的梦

你是那鸣沙山的嫣然一笑
美好了我的回忆
温柔了我的余生

你是那晓风残月的古雅陈迹
留给人们尘封千秋的回忆

月牙泉
原谅我搁置了你的璀璨风致
我今日的黯然锁眉是为了
沉吟沙漠写下的诗
凝视神灵含泪的眼

我徘徊在你的诗意里
寂寞的脚步踩碎家乡的月光
我止不住的泪水
朦胧了你月亮风味的影

你那忧郁而罗曼蒂克的浩漠
是我沉默着的心灵净土
忘记远方吧
这里没有远方
这里就是远方

月牙泉
你的袅娜赠予我远方的遐想
我衔恨地醉倒在你身旁

就像那些醉倒在你身旁的
星空、沙漠、骆驼和爱情……

那些微醺在你身旁的晚风
是我藏匿于心灵深处的甘甜旧梦
萌动着漫长黑夜按捺不住的野花
斑斓了我联络黎明的古老星图

就连我凄迷于眼神中的祈祷啊
也吞咽着你月亮风味儿的感伤
原谅这个冷漠已久的世界吧
春雨永远眷顾着
这曼妙的历史残本

月牙泉
你清晨的第一滴晶莹划过
男人手中那一缕
袅袅飘散的兰州烟云
离别月台上一朵苦菊花的叫喊
让穷诗人与风景一起走神

「故乡」

是谁将我平静的安放在

风暴即将死去的远方？

这里的黎明和牛羊一起

偷偷地啃食着众神栖居的草场

昨夜谁家顽皮的姑娘打翻了

祭坛上扑朔迷离的烛光

荒漠高空中展翅的雄鹰

低下了头寻找着虔诚祈祷的信仰

祷告啊

轻抚着善良的心

让泪水朦胧了今夜高原上的月亮

新月啊

刺进疾行而一闪而过

隐匿在黑夜轮廓里闪电般的翅膀

今夜啊

目击风暴死去的月光

同样清楚的洞悉到

爱情与悲伤的形状

石窟啊

你微笑千年的秘密

在熠熠生辉的晶莹中独自悲伤

而我在想

这一切本不该如此安详

如此安详

安详之外的荒野茫茫

我将扮演一个何等手足无措

而又心神不定的

既悲伤又陌生的形象

在结满蛛网的菩萨面前

慌忙地修补自己破烂不堪的面庞

此刻众人拥向微笑容光焕发的

神灵以祈安康

虔诚而又愚昧的眸子中

闪动着杀戮过后的善良

这样的祈祷和忏悔显得

多么虚伪啊！多么肮脏！

垂死边缘的生灵在我面前

跪地低唱

游子啊

你可知否

双脚在此则四下皆无远方

于是

异教徒将自己猩红的面颊

埋进被月光压得夯实的

黑土而意气昂扬

唱吧

让星辰舐舐的晨雾

同样属于疲惫行路人的收藏

唱吧

让死亡濡湿的秘密

同样属于吊索之下叶赛宁的悲伤

唱啊

让烈火涂黑的罪恶

同样属于岁岁年年的失望与迷惘

唱啊

让爱情焚烧的梦境

同样属于

挥之不去而又不知何去的姑娘

于是

一切都静了

静了

平静之外的荒野苍苍

我支起疲惫不堪的身体

假借一位诗人的身份

哀悼向我的椊桑

躺向大地的坟墓其实是

另一抹藏满秘密的星光

在我们渐行渐远之际

同样难以忘怀的

烈火般的故乡！

「六月的雨」

知否

和你说过的话

随风飘去了哪里？

被哪个角落所藏匿

见不到你

只好独自去寻

无力

拾不起那么多的

回忆

六月的雨

将六月抛弃

不知

六月的长发

好似远方的雨

远方的你

「拉卜楞寺」

翻过山

云彩挂在羊背上

山脚下

停放着白云的鹿

太阳是草原的

眸子

哭一场吧

或醉一场

草原是姑娘的

明日的新郎

「新娘」

我匆匆离去

爱上一个

被时光烫伤的新娘

她平静地等待着

她疯狂地等待着

她等待着

她苍老着

她狂暴地把岁月献给人间

酿成多少爱情的四月天

而她却要匆匆离去

消失在你梦也梦不到的地方

末了

终归还你一个不平静的远方

「罗布泊」

泪水

披上了霞光

云朵是羊的梦

徘徊在你眉间

黎明

死亡一般的黎明

将死亡照亮

照亮孩子的笑脸

粗糙的皮肤

粗糙的黎明

粗糙的生命

「 戈壁的记忆 」

罗布泊

我不知是站在你的肩上

还是脚下

粗糙的天地

唯一精细的石碑

这里曾经也是沃土

不知是谁惹怒了天神

我从远方走来

却让冰冷和干燥

打断了曾经的梦

「仓央嘉措」

漫天经幡替你诵经

而你

手持莲花

微露皓齿而轻笑

像一尊乐世的佛

可是

这迷惘的人间

让可爱的雪地

都成了罪过

印着你慌忙地脚步

带着你的信仰

从人间返回天堂

「去年冬天恶心的爱」

雪
优美的音符
是谁奏下这一曲？
让人间堆满了洁白的爱情
雪
肮脏的雪

「诗人的酒」

黎明

刺死了月光

如同刺死了诗人一般

以此 白昼

诗人酿出了月亮味儿的酒

「吉他」

指尖

隐痛的茧

轻触

琴弦断处

一场惊呼

五光十色

童话?

原来……

你说

曲终人散

我却从未来得及

奏响

「南京告别」

闭上眼

人间有诉说不完的爱情

远远地望着

那片不敢涉足的风景

活在我的梦里

也好

平静的梦

早已落满灰尘

灰色的长江口

你就葬在那里

这世界冷漠的喧嚣

是你的安魂曲

而我却不能言语

只好

离别一般的

守候着重逢
你可知悉
那些泪水
只为你

「如果有一天我定居在莆田」

白净的木屋

撒开宽大的网

我极力远目

捕捉到的黎明

全为泪水吞噬

你说

我不配爱情

只因我必须离去

从长江到黄河

不去爱你

并不代表不爱你

此景别离

明知剪不断

却是口口声声

字字句句

「甘肃有个地方叫白银」

火红

烧死在沙漠里的风

眼睛

还给自然一切

望尘莫及的

明明就是眼睛

洞悉自然一切

微笑着和流泪着的

火红的和枯死的

爱情

「定西的野餐」

平静

本该如此

从偌大的城市

到山间去

泥土沾湿鞋子

露水淋湿头发

星辰

石头们开出的花

凌乱吧

你有你凌乱的自由

而我却静坐他乡

平静

本该如此

「春来了」

其实你也不必

想念我 念我

这念意

早被时光打磨的

了无颜色

道一声冬来了

道一声春来了

我便惊了寒冬的蝉

我便绿了今春的水

道一声春来了

这春是我梦里的雷声

春来了

你还会走吗?

「七月十三日的篝火」

夜色飘忽不定

狂风让烟花走了型

此刻

你却格外清晰

不知

是否是从我梦中走出的

了却了日日年年的朝朝暮暮

坚定的心忠贞不移

生命 爱情 死亡

岁月不饶人

你又何曾饶了岁月

「沙尘暴」

北方

游动在眼中的沙粒

尘土

为何你要抢夺春天

于是我站在风中

掀起春天的一角

北方的春天

那么的简单

一只飞行的鹰

是天空的缺口

另一个缺口

是艳菊的硬币

小心翼翼的雾

死去在早晨

破碎的风

遮盖着每一句

寒冷的呻吟

于是我站在风中

看着行人将影子投进信箱

风掠过破烂的单车

将呼声带走

我却不记得带走了什么

是什么

走的那么轻,那么轻?

好像总有一天

会忘却的一干二净

不曾发生过一样

「河流」

太平洋
我哪里有你那样
博大的情怀
一切肮脏都涌向你
你却依然洁净
悲伤源于被伤？

「 兰州莎莎 」

飞鸟

破碎吧太阳

衔走这无辜的慌

浸在海底的月亮背面

该有多冷？

衔走这娇嗔

在每一个春天重新发芽

飞鸟

输光星光的赌徒

兰州姑娘牵着的马

隔离了整个春天

「我的墓碑是一面镜子」

如果我要死去

那么我的墓碑

将是一面镜子

如果你爱我

恨我

悄悄回忆我

那么

忘记我

在另一个世界里

「拉萨十月末一个平常的下午」

橘子流出汁液

彩虹之枪向我射击

两扇窗户同时透过

被一只玻璃杯困住的血

此间必有可疑之处

猎人打穿树叶

爱情是灵魂飞舞的唯一缘故

羊群也因此穿过绿叶的弹孔

与另一个梦汇合

于是

帷幕被他们的绣的星星点点

拉萨由红变黑

他宽广的怀中孕育着一只

新鲜的橘子

「宣武区两个老矿工」

地表之下的热泪盈眶

丘比特开始使用热武器

彩虹之箭飞不到的黎明

水晶啊—钻石—

黑暗中你们的眼

在这里

所有的情话都可以用

一滴眼泪代替

「青岛没有庙宇」

再见啊迪丽达尔
列车驶向你的过去
再见啊我的过去
青岛没有庙宇
一切都将化为乌有
在这人间的战场上
爱情挽留不了时间
再见啊我的爱情
灰烬是我保留的火种
再见啊我的迪丽达尔

「谁用微笑假装自己不悲伤」

浸透花香的梦

晚风猎捕云朵

你用某一个眼神留住黄昏

谁的思想逆流而上?

墨绿的空气遵循着

古老的离别法则

时间是杀死记忆的凶手

任凭你把森林撕碎

一片一片

可是

尽管可怜的落叶封存了过往

伤口却依然深入人心

你用那么熟悉的笔迹致谢

而回忆却把泪水

压成黑胶唱片

在每一个回眸的瞬间

反复吟唱

吟唱吧

在故事讲完之后

谁用微笑

假装自己不悲伤

「想你」

我想你
我想你或许
在遥远的风中发出微弱的光
在微弱的光中谋生抑或生活
你把你的痛苦赠予大海
于是我们重逢在
那个忧郁而魔幻的秋
重逢在
我昨夜的梦中

宝贝
零碎的礁石告诉我
你面向黄昏
指使星光闪烁出我的样子
你收藏了我的温热

随后轻描淡写地熄灭了夜空
当你做完这一切的时候
夏季的温度散去了
夏季的心情散去了
夏季过去了

宝贝
我会在叶子落下的季节
向着东方出发
而你会向北方
尽管我们的方向不同
却终于共同见证那个暖色的秋
我会在每一个起点和终点
在每一片落叶和夕阳的交替里
马不停蹄地深爱你

怒发冲冠

　　为了理想，我必须保持怒发冲冠，我必须严厉地制止那些拖我下水的人向我灌输思想，我要拼搏，要学会否定，要充满对万事万物心存质疑和寻根问底的热情，要不畏失败，要为了我的家庭，为了我爱的人，为了这个国家做出了不起的贡献！

「济南往事」

时间
死亡让爱情更美丽
弓箭
战争让英雄更孤僻
末日
裂缝让大海更安逸

「失眠」

黎明

盲诗人指导战争

谁的黑影呼啸而过？

作曲家的乐稿四处逃窜

星空 啊 星空！

异教徒打破花瓶

谁的狂喜潜藏心底

流浪汉踩碎月光

「梦」

存在于人世的梦

在另一个空间无限膨胀

梦境是真实的天堂

科学让世界疯狂

盒子里的温室效应

焚烧每一个梦境

敢问

艺术如今何在?

黑暗在时针垂直之际爆炸

让胆怯的万物大放光明

「南京标本馆的一夜」

女孩藏进书中的花瓣

悄悄地变成了岁月

躲进雨滴中的鱼

分明是含泪的瞳孔

是谁在梧桐死去的夜里

触摸森林的细节？

雨啊雨

在夜里被梦通缉

「你的名字叫月亮」

是谁在阐释过错

谁又远远走去?

辨认吧

时光在距离上走神

你我在落泪之前

各奔东西

变小

五年

某棵树获得疲惫的鸟

时光醉倒在路旁

而你愈行愈远

消失在遗忘森林

亲爱的

请你告诉我

那颗月亮

还是你吗?

「法则」

疲倦

获得昆虫的眼睛

你可知悉

在通往每一个梦境时

你都通向死亡

天啊——

他早已气急败坏地说

每一个人都是乞丐

我想昆虫应该知悉

倘若乞丐们不再讨求怜悯

而是贩卖微笑的话

我倒挺乐意照顾生意

「中山桥到长江大桥」

那年

海风擦亮了黎明

阳光焚毁了最后一座桥

这原本是第一次离别

不料确是最后一次

那夜星辰绽放

路灯拉长你的影

路灯是撕碎的月亮

将你照的透亮

那年我们在南京

雨花阁的塔顶

四周是浓密的森林

你就看着月亮对我说话

而我明天就要离去

从南到北

一言不语

「听说安屠夫剪了短发」

长发

飘尽了四月

安 安息

人间终将静悄悄

你我重逢在

同一棵美龄小姐的梧桐树下

只是…只是…

话在心里

不言而喻

安

我的琴弦随你断了

可那熟悉的风铃

在同一座塔顶

安

我又来到了南京

只是少了你

「初春安屠夫之死」

夜静了

她怕他说出口

他俩的日子春风一般

他是她的大衣

纯粹的野花和梦

无须悲伤

更不必欢喜

他俩有他俩的日子

提琴也好

盖头也好

人间满是泥土

他俩有他俩的日子

如今

本就是天堂的人间

却也是地狱

日子挑选在

被她用完的春天

就此死去

死去的倒也平静

从此

他过着她的日子

「兰州到咯」

寒冷

太阳也是一座孤岛

九月的长发弄湿街道

此刻

兰州姑娘点了两碗牛肉面

筏子从黄河靠岸

近了 近了 却不敢上岸

提着行李的

潮湿的衣服浸透着

南方的空气

果香和鱼腥

留着泪的兰州

和我一样的

从丝绸之路上苏醒

笑着 喊着 吆喝着

偷偷哭着

「炼金术」

铁锤

砸 火花 火花

十指之间

必有悲伤之处

四月

从教皇的熔炉里

舀出一勺爱情

这爱情太过坚硬

铁锤

砸 火花 火花

十指之间

必有柔软之处

春暖花开

这是我们的

黄金时代

「沉默」

将我埋进六月的晨雾
时光告诉我
时光流动摩擦出火花
告诉我啊黑暗禁忌
我们长久地沉默是为了什么
有的人沉默是为了铭记
有的人沉默是为了忘记

「爱情是最凶狠的武器」

战争饮血

死亡动人心弦

黑暗独眼窥探

大海漏电

生命跑光

冥想冒充思考

决策吧

爱情 诗歌 上帝

这伟大的定律

诞生了岁月

「在黄昏的森林歌唱」

折叠的花瓣

癌变的黄昏

踟蹰染红了历史

不谋而合的残本

这是一场始终微笑的悲剧

森林

这里是一切的开端

也是结束

那片被藏进书页的花瓣

一言难尽

却又一笑了之

「第一次到达南方」

神明失窃

失败取笑罪过

离殇亲痛仇快

长发感伤

谁得到一眶新的风景

一眶甘霖？

南方烟雨习习

旅人的心比脚步更匆忙

用距离指挥战役

挑选着胜利的归期

「海小姐前往苏联前夜的许诺」

海小姐

你走的时候

给我留下整个春天

那个大胡子的莫斯科人

在你的手心写下一颗字

海小姐

你说恨我的时候

你墨镜下面的泪眼

转角处的回眸

海小姐

我们都迷失了自己的世界

又怎敢说思念

海小姐

如果下次再见

会不会是春天？

「月光下赤脚的舞」

残存的生命
分食了你的理想
你别悲伤

姑娘
月亮不过是座高山
爱上你的高山

姑娘
分食了月光
我们就去寻找阿尔忒弥斯

「甘南小木屋墙上的旧报纸」

给你一块旧时光

包在云朵里

无意间

下成你相思的雨

而我的思念

凌乱了春风和

你的长发

直到岁月将你我

裹住 缠住

一起鞭打

于是

悲伤释放了罪过

直到

飞跃的草原

飘起了满天的经幡

虔诚的佛徒啊
跪向众人
跪出了满地鲜花
跪出了牛羊哭泣

「北京车祸前」

我多么向往生命

欢流的溪水

嬉戏的姑娘

温暖的太阳

金黄的地平线

我爱惜每一块石子

甚至枯木

我与自己的灵魂勾肩搭背

肉体只是生命的傀儡

我可以是任意一株草

一滴水

哪怕是一缕风

但我富有生命

我多么热爱生命

挑选一个绿油油的春天

背上吉他牵着她的手

去一个只有两个人知道的

老地方

「莹」

阳光下
你举着一朵野花
欢笑 奔跑
我从林中苏醒
分不清哪一朵
是你

阳光下
微风惊骇了
我的马匹
我的回忆
我从阳光下苏醒
遍地野花
你在哪里？

阳光下

一滴滴晶莹

滋润一句句梦呓

如今

你一言不语

而我

只能在遍地芬芳中

等你

「 我知道她的心里满是泥沙 」

醒来吧

给你一杯酒

醒来再醉死

打开你的生命

让我进去

让悲伤进去

让天空和飞鸟进去

让山川和猛兽进去

让大海和鱼群进去

让眼泪出来

「麦子熟了」

那年

麦子还没熟

黄河两岸

蛙声连连

你从树影中走来

手中拿着苹果和鱼

你用三年前的溪流

为我饮马

太阳还暖着

却要熄了

我们就这样坐着

分别了这么久

却难开了口

「安屠夫再也不会听我讲起那个无聊的故事」

安

你可知道为什么

有时候坐着坐着

就哭了

人世百态

就这样的在你眼前

漂浮而过

无论怎样

欢乐亘古不变

你匍匐在你的苦痛里

不如

依偎在我的爱里

一秒也好

一生也好

「当你重回我身边」

路
想起了你
在他乡的夜晚
南风吹来你冰凉的气息
路
下起了雨
像你给我的无尽的恐惧
在成都的锦里
我唯一想起的人是你
路
今晚我为你弹了一夜的琴
你笑也行
哭也行
诉说也行
沉默也行

「凌晨三点突然决定去石家庄」

疲惫的夜

黑暗与闷热巧合

你的梦呓

呐喊着远方

和过去

远方的过去

黑夜

疾痛全然不见

唯有宁静的村庄

红烛扑朔的棂窗

沉默的一夜

狂欢 疲惫

你悄悄地带走

人间短暂的喜悦

揉碎在梦里

从此一言不发
酿成醉人的雨
绿了村庄
白了头发
给我的回忆里
平添一丝忧伤

「李白」

李白
黄昏里的诗人
金光闪闪
醉了酒的仰望
点燃了月亮

李白
拔剑吧
砍断刺进你酒杯的
月光

李白
把白鹿给我
悲伤给你
拿去酿酒

醉倒在贵妃怀里

李白
死在别人的诗里
活在自己的诗里

「折磨」

我恨那一缕烟

声声的欺骗

冷漠

微弱的光

我恨你如烟一般的

我难开的口

我亲爱的死者

死去在我寒冬一般的

心里

我知道

我总是自己折磨自己

可你屡次发芽

在我梦里抹不去的春天

我春天一般的

无错的 慌乱的

循环播放的记忆
求求你放过我——川
你怎么不懂它的含义
在脚下蜿蜒的
我答应用一生远去

「南国小镇」

你走之后

总有

陌生的僧人扣我的窗子

总有

突然的雨

篡改着记忆

总有万水千山

人山人海

「沙漠露营失眠」

这一次

在静穆的夜晚

该是我冷漠的时候了

你大可千方百计的伤我

我会视而不见

如果你依然

快乐 遮掩 欺骗

那我就祝福你

如果我依然痛

那我就嘲笑自己——

为何非要将自己

写进别人的故事里?

你是我患的一场病

做的一场梦

我的病愈了

梦醒了

「视而不见」

我总是面对着你的方向

逃离你

亲爱的

你我都在欺骗自己

就像黄昏凝视着世间

却对情苦乐愁

视而不见

亲爱的

我在此时赶路

唯恐星辰在一瞬间

迷乱我的眼

十年烟雾

我怕你不再识我

你怨我当年没有让你

彻底失去

可亲爱的

你终究不该是我的方向

我们都知道

从第一封信开始

笔墨与心渐渐远离

一切都开始泛黄

「五月祭·其一」

那年

我踱步在小路的转角

幽深

倏然一抹

春色的清凉

那是,那是

你的转身

哦!回眸

在我还未发觉就到来的

四月

你将淡紫色的丁香盛开

而我浅浅地醉了

后来,再后来

我再也醒不过来的梦

我潜入的那么深

却深入的那么浅

可惜，我深深地病了

一个又一个四月

我踱步在小路的转角

我怕你独自的盛开

冷漠

我久久等待的根

在你惜败的轮回中

吸食着杳无音信的苦水

等待，等待

我会在等待中远去

学会微笑

如果你注定凋零

亲爱的

就算你从没为我盛开过

也许，也许

我犯了一个

自讨苦吃的错误

可这淡紫色的沉默

你以为我懂

我以为你懂

「五月祭·其二」

一场赴死

宁愿把生的欲望囚禁

那是余生在

腐蚀回忆的锁

挣不脱 摆不尽 逃不开

炼狱似纠缠的瘾

疯魔般不愈的病

可数的日期

记忆 记忆

熟透的低音

五月的血

我到底参悟不透

自然更替的暗示

苦寻 苦寻

一场赴死

我的患得患失

请原谅我的

执着抑或冷漠

他们都不曾将现实敌过

也请谨记回眸

在这牺牲丁香的五月

你也在此叹息

孤独是通往幸福唯一的路

而我们终于明白

它从来没有终点

「登岛」

那片孤岛

它安逸 寂寞

如果我将要逃避

在初秋的早晨

如果那里安放着幸福

亲情和往事

那就让我

让我再轻轻地

醉一场吧

您瞧

二十年过去了

让我再深深地

梦一场吧

姑娘

人和人

一场游戏

「重逢」

我记不清第一次见你是什么
时候了
我猜那是一个寒冷的冬夜
户外滴水成冰
而我们相遇的小屋子里
炉火正暖
命运虽未让两种目光在那时相投
但显然灵巧地埋下了伏笔
等待着春暖花开
等待着晴空排鹤
这时才便我们回眸一笑
道一句
原来是你

「离开北京六个月后你的回信」

雪地里的猫

脚步

通向一个眼神

掩埋

七月的苦根

在雪层下发芽

冬啊冬

虚情假意的雪

装腔作势的路

伪善

在好似纯洁的雪中

拥吻

「枷锁」

我曾将所有的路

都封锁

转角

你刺向我的锋芒

虚伪的微笑

九月

我已不会再回眸

相信你的话

我曾付出了所有

片甲不留

「大雾上屈吴山」

车窗上蒙了很浓的雾

大雨

在喧嚣和安静中

点一支烟

你的手中是

南方的蒲公英

北方的柳

那是一场

大雨

火炉旁粗重的呼吸

钢琴和月亮

亲爱的

佛祖治愈不了你的病

梦境中的烟雾

枪声在鲜血中蜷缩

鲜花点燃了木屋

亲爱的

你若还记得那片森林

请叫它五月祭

「初见邢院」

邢院

我在十月触摸你的孤独

一百一十年的谜底

我的

万顷思绪环绕着

钢铁的躯体和霾

厚重的天空之歌

柔软的岁月和干枯的魂

邢院

我在十月听到你的呻吟

一千二百公里的期盼

你的

百年孤独笼罩着

欲穿的望眼和梦

回首的离别之惜
灵巧的躯体和太行的路

邢院
我在十月为你放弃一切
我在十月为你付出所有

「十一月」

我的心里

下起了雨

你听

她那么冷

她故事里的

十一月的结局

或是开始

她呼唤着

万物死去的季节

于是

一切因她复活

南方与北方

不再有距离

「告别福建」

后来他们

换上干净衣服

上车下车

等待雨停

从福建出发

回忆长长的梦

「她一直渴望自由」

花开在
冬天
于是他们在
春天死去
死去
这是人民的自由
花儿不需要自由

「二女儿」

飞鸟在湖底滑行

眩晕的季节

天空锈满红色的

蘑菇

远处在燃烧

铁轨急匆匆地哆嗦

父亲？母亲！

从三千公里外回来了

这时候

麦子熟了

二女儿的眼瞎了

「结婚」

莹莹

这是故事的

第一千五百六十九天

我终于戒掉了烟

两千八百公里以外

莹莹

你穿上了婚纱

真的很美

莹莹

让我再抽最后一支吧

「告白」

星月与你交相辉映

川谷与你锦绣叠巘

江河与你并流不息

清风与你踔厉云涌

而我于林中苏醒

看遍野花燃烧

分不清哪一朵

是你

「告白」

　　我抬头望月，星辰仿若与你为伴，月光静谧，而你徜徉其中，与孤月繁星共舞；山川秀美，江河壮阔，而我看山非山，赏水毋水，只因你隐喻其间，胜过了山川之俊美，江河之蜿蜒，方才掀起我心中之波澜；沁人的微风拂过，我又从风中觅得你的香味，我沉湎于想你之中，读不懂你，于是若读诗一般锁眉低吟，又恍如沉睡林间，苏醒之时，只见野花遍地绽放，我却分不清哪一朵是你！你是我能想象的一切人间美好之和，我可以观赏你，赞美你，却终究不能拘你入怀，遥望星月，远观川谷，终晓江河奔海而去，清风拂肩而过，而我停留原地，连一句我爱你都来不及道出……

176

「九月八日」

一些人给我糖

另一些人给我药

我恨你

更想你

生日快乐

莹

「好想」

宝贝

好想牵着你的手

走过这人性的背后

宝贝

好想你能

猜透这世上的善良

和欺骗

宝贝

好想和你一起生长

观测星月的善变

宝贝

我好想

「期待」

埋下一个期许

从你问我

是否喜欢花的时候

我就期待收到动人的花束

种下一种愿望

从你说爱我

我就开始期待婚礼

淹没一份力量

从得失中衡量

这罪恶的世上

并无什么因果

藏下一段时光

从春天开始

我就期待冬天来临

「圈圈」

我的猫两个月大了
一场雨后
它茫然地看着这个世界
两个月前
它的妈妈死于难产

「看海」

为了看海
我走了很久的路
我终于
看到了海
便也再没了海
海掩藏着它的深邃
我终于
离开了海
便再也想不起回去的路

「下雨」

原本我准备了两把伞
后来我故意只有一把伞
现在我爱上了淋雨

「邢台」

这个城市的上空是烟
我们的手中是烟
我们的心里也是烟

「分别那天」

风从角落旋起
云从远处散开
在这样的黄昏
我与石头聊天
可它什么都不告诉我
我总想知道
是谁伤了它的心
让它沉默这么久

「图图」

林
你怎么了
你抱紧太阳
和黄昏一起砸进峡谷
后来我们住进灰色的城市
把彩色的心情藏进梦里

「我的猫写的诗」

还隐隐约约有一个

梦

回家好吗

姐姐看见了你

包括那老板

你和伯伯

快递甚至车次

一切都会好吧

「当我在整理诗集时，圈圈爬上电脑桌，在我喝下一杯
水的工夫，它就写下了这首诗……」

「热烈」

下起了雨
我在二十三楼的凌晨四点
想着 猜着 听着
雨是无声的
而那些淅淅沥沥
是我想你或恨你的声音
那是
热烈的雨

「差距」

爱过

恋爱过

没被爱过

「你离开以后」

夜

「 秋末草原上的阴天 」

弯道吃掉那些动物
石头们藏起云
我总相信他们背后有一双巨眼
洞察着我的心情
黑色或更深的黑色
拉卜楞寺
你并不明白我

「搁浅」

这是一个浑浊的世界
新闻、政治、佛祖和爱
他们的躯体里潜藏着饥饿
他们的眼神里深刻着孤独

「琐事」

刘叔叔丢失的三颗麻将
张木匠的儿子张木工
贾瞎子的无人机和小提琴
张阿姨写给死去儿子的叙事诗
他们都放弃了这个秋天

「铁的动脉」

这个城市不再放烟花

扔垃圾要分成四种

树木必须长成人们喜欢的造型

一种可怕的新病叫抑郁症

老友们一半离开一半死去

陌生人像输血一样被注射进来

洒水车画出的彩虹难以让人心动

老人们不敢出门

关掉手机导航就会在生活了一辈子的城市里

迷路

「证据」

爱是没有理由的
开始的时候这么说
是为了掩盖肮脏的欲望
恨是没有道理的
结束的时候这么说
是为了克制嫉恶的情绪

「红眼」

除了九月七日傍晚的夕阳和我
一切都是昏暗的

「好坏」

好的是世界

不是我

坏的是我

也是世界

后记

没有后记,再见。